KB088514

새날은 새들이 쫀다

새날은 새들이 쫀다

초판 발행 | 2015 년 11월 20일

지은이 | 이후재
펴낸이 | 신중현
펴낸곳 | 도서출판 학이사
출판등록 : 제25100-2005-28호
주소 : 대구광역시 달서구 문화회관11안길 22-1(장동)
전화 : (053) 554~3431,3432
팩스 : (053) 554~3433
홈페이지 : http : // www.학이사.kr
이메일:hes3431@naver.com

ISBN _ 979-11-5854-009-8 03810

새날은 새들이 쫀다

이후재 시집

學而思 | 학이사

시인의 말

금호강가를 산책하다가
물고기들의 웅변을 들었습니다.

“인간의 더러운 욕망을 보고
우린 도저히 그냥 흘러갈 수 없다.
지독한 오물과 공장 폐수를 몰래 쏟아
우리는 질식 당했고, 그들은
우리들만의 길, 피시 웨이를
시멘트 사다리로 가로막아
우리는 왜가리의 밥이 되었다.
우리 몸이 망가진 것처럼
이제 사람들의 몸이 망가질 차례다”

지구 환경의 문제는 숙제입니다.
생명 지키기는 인간만의 문제가 아닙니다.

2015년 11월

금호강가에서
이 후 재

차례

제1부_봄, 그 개화역에서

제2부_동자승의 노래

제3부_ 행복을 맞이하려거든

제4부_겨울 나그네

제5부_사월에 눈이 오면

제1부

봄, 그 개화역에서

뉴욕 고양이 네로

네로의 침실은 할머니 방 창가
꿈속에 쥐를 만나 달리다
플럿싱 울타리에서 놓치고 잠을 깬다
자정, 그녀의 출근시간
잔디밭 스트레칭으로 몸 풀고
점령지의 침입자를 살핀다
시장한 코는 주인 운동화를 킁킁 탐색한다
와, 바글거리는 베이글!
전깃불 그늘 아래 조반을 들고
날뛰는 코리안을 향해 소리친다
대낮에 청춘을 바다에 수장시키는 주제에
왜, 날더러 밤도둑이라 하는가

자동차 밑에서 두 귀를 세우던 그녀
한반도 물새들 비명 소리에 앞 발 쳐든다

쑥이네 언덕

녹동언덕에 봄 달구지 떨거덕거리면
마른 풀 헤치고 새순이 쏘옥 얼굴 내민다
반쯤 문드러진 축대 아래 개나리꽃이 손짓하고
패랭이와 냉이는 일찌감치 서열 다툼이다

어린 소나무는 공연히 아빠 소나무에게
양지마을을 떠나자고 조르고 있지만
한평생 살아온 고향을 등질 수는 없다고
이곳 식솔들을 외면할 수 없노라고 한다
동구 밖 잣나무 무리들이 손사레 치며
마을은 이제 자기가 지킬 테니 떠나라지만

솔향기에 길들여진 녹동언덕 숲속 식구들
지천으로 퍼진 조무래기 쑥들까지
부전나비도 소쩍새도 개구리도 함께
천 년이고 만 년이고 함께 살자며
춤추고 노래하며 장구 두드리네

서울역 촌놈

KTX는 출발 명령을 기다린다
플랫폼에는 영화 같은 이별이 진행 중이다
자유석을 구한 승객은 동동걸음을 치고
18호차 안에는 얇은 파도가 인다
큰 애기들은 스마트폰과 눈싸움을 시작하고
중년들은 몇 개의 귤을 만지작거리며 묵념을 준비한다
나는 한 모금의 생수를 천천히 씹어넘기며
오늘 동창회가 건네준 명함의 얼굴들을 넘겨본다
밤차는 한강 위를 요트처럼 달려나가고
반딧불이들은 깜박깜박 날갯짓으로 전송해준다
"마당발" 하면 "변사또" 해 주세요
암호 같은 김명범 회장의 건배사에 미리 취하고
젊은 여자 동문과 잔을 때린 생각에
입안엔 사르르 군침이 돈다
바보가 용감하다는 말대로
우리 촌놈들이 서울에 올라와 자리를 잡다니
차창엔 붉은 하루살이가 어린 시절처럼 따라붙고
"잠시 후 우리 열차는 동대구역에…"라는 메시지 날아든다
덜커덩, 동굴의 문이 열리자

겁없이 달려드는 저 하루살이 앞으로
기어이 나는 몸을 섞으러 걸어간다

불평등한 동거

그는 지체부자유자가 아니다
다리와 눈이 전부지만 제 역할을 충실히 해낸다
주인이 그를 눈썹 앞에만 세워주면
정상인 보다 먼저 세상을 읽기 시작한다
주인은 오늘 예식장에 갈 채비를 하며
그를 냉수마찰 시키고 양복 주머니에 대기시킨다
얼마 후 박수소리 들리고 그는 낯익은 손에 끌려나와
주인과 함께 주례석에 올라선다
더 가까이 신랑신부를 바라볼 수 있어 좋아한다
그가 오늘 만난 가장 좋은 것은 신부와 장미꽃
식이 끝나자 주인은 다시 주머니 속에 그를 가둔다
집에 돌아오자 그는 다리가 꺾여 책상구석으로 밀쳐진다
오늘 만난 라일락꽃 드레스의 신부를 떠올리며
집주인과 사모님의 침실을 슬쩍 그려 본다
삼백 예순 날 딱딱한 장롱에서 내려와
하룻밤 여왕 옆에서 쉬고 싶은 것이다
오늘밤도 싸늘한 책상에서 은하철도 999호를 기다린다

정의공주의 빅쇼

공주는 오줌싸개가 아닙니다
그녀가 키를 쓰고 궐문을 나와 저자거리로 향합니다
키 위에는 거북 무늬가 움찔합니다
ㄱ ㄴ ㄷ ㄹ…, 아 야 어 여…
숭례문 앞 보부상들이 힐끔거립니다
그녀는 가갸 거겨 고교 구규 그기
개구리처럼 이상한 노래를 부릅니다
포목전 주인과 나뭇짐을 푼 총각이 다가와
나냐 너녀 노뇨 누뉴 느니, 흉내냅니다
주막에서 여염집 사랑방, 궁궐을 지나 어전까지
새 노래는 나비처럼 장안을 떠돕니다
세종世宗은 어금니를 물고 그녀의 키를 만지며
어린 공주가 백성들에게 정음正音을 전하다니, 허허허
집현전 학사들은 그녀가 보통사람들의 눈과 귀 그리고
입을 열어주었다고 벙글거리는데

다음날도 그녀의 키는 궐밖 마을을 떠돌고
길 가던 젊은 선비는 더러 오줌을 지립니다
개구리들은 가갸 거겨, 합창을 쏟아내고
별들은 오요 우유, 요란하게 박수를 칩니다

봄, 그 개화역에서

카톡카톡, 까치의 신호 따라
파란 등을 켜는 선동마을
산수유 꽃이 실눈을 뜨자
하얀 이 드러내는 목련
햇살이 다가와 헤헤 웃어도
눈을 뜨지 않는 개나리
"우리, 개화역에서 만나자"
강단을 보여주는 개나리
연듯빛 기적을 울리는 봄 열차
축복의 실비를 혼자 맞은 듯
몰래 얼굴 붉히는 매화
발간 입술을 내미는 두견화
실개천에 발 담그는 개구리
그네 타는 버들강아지 구경하다가
할딱이며 올라타는 나그네

작은 새

작은 새 한 마리
연둣빛 우듬지를 떠나고 있다
꽁꽁 몸을 숨긴 까투리의 노래 때문이거나
나무를 간질이는 바람 때문은 아니다

작은 새 한 마리
버드나무 우듬지를 떠나고 있다
와와 야생화들의 환호성 때문이거나
배부른 참새들의 수선 때문은 아니다

작은 새 한 마리
둥지 허물어 녹음을 떠나온 까닭은
솨솨 마른 갈대의 울음소리가 들렸기 때문
핏기 가신 어깨를 주물러 주고 싶은 것이다

작은 새, 마른 갈대 위에 내려앉아
화려했던 과거를 기억하지 말라
새로운 봄을 꿈꾸어라
속삭이고 있다

영덕대게

그는 평생 등대를 모르고 살아왔다
태풍 매미가 거친 파도를 몰고 왔을 때도
부딪치며 육지로 내몰리는 난파선 틈에서
앞발로 깜박이는 불기둥을 움켜잡았다
수많은 동료와 후배들은 바닷가에 나자빠졌지만
그는 혼자 살아남았음을 깨달으며 감사했다

매미가 사라진 영덕바다엔 다시 평화가 왔다
그러나 그는 바다로 돌아갈 길을 잃었다
등댓불 사랑에 보답하려는 의지 하나로
대나무 다리를 뻗어 공중으로 등대를 밀어 올린다
별과 달, 바람과 물새 그리고 파도만이 친구가 된다
화석이 되어 오가는 사람들의 손길에 감사하며
식탁에 오른 동료들의 눈물을 가여워하며

초록 엽서

지난달 뉴욕에 다녀왔다고
나는 벚나무 아래서 스마트폰을 찍는다
아저씨, 요즘 무슨 글을 쓰세요
머리 위 까치가 카톡을 보내왔다
나뭇잎 사이로 눈인사를 건넸다
그녀가 초록빛 엽서 한 장을 전송해왔다
사연을 읽지 못해 가슴이 쿵쿵 거린다
그는 다시 왕복엽서에 눈물을 찍어 보냈다
진도 바다 물새들의 아우성이 들리지 않느냐고

코앞에서 눈을 흘기는 그녀와
사금파리 같은 아픔 한 조각을 나누었다
슬픔도 노여움도 만나서 이야기하자 한다

미안하네,
그대의 촉기 넘치는 메시지를 읽지 못하는
나는 반편이라네.

성노예 소녀

"워리 워리"
어릴 때 동생이 방안에서 응가하면
어머니가 부르는 소리에 마당개 달려와
혓바닥으로 싹싹 훔치고 갔지

아버지 따라 밭일하던 열네 살 소녀
"일본 공장에 일자리 많단다"
순사의 말을 믿고 끌려온 일본군 수용소
가슴엔 날마다 군가소리 총소리 꽂혔지

"일본 황군을 맞이하라"
소녀의 숙소를 점령한 세 켤레의 군화
배꼽이 이마에 붙은 괴물들
소녀의 무릎 아래 엎드려
고향집 개처럼 톡톡 꽃망울을 땄지

"엄마, 무서워요 이 개 좀 쫓아주세요"
미리 손발을 빼앗긴 어린 노예
까물거리는 혼백으로 침을 뱉는다
우르르 쾅, 벼락이 일장기를 태운다

유채꽃 행진

유채꽃들이 펼치는 노란 퍼레이드
훈련 중인 하키 선수들의
푸른 함성을 흠뻑 마시고
금호강둑 녹색혁명의 대열에 올라
율하체육공원을 향해 줄을 잇는다

아기 부처는 유모차 안에서
주먹을 쥐며 저 혼자 잼잼
앞장서서 행렬을 지휘하는 노랑나비
감사합니다, 태양 아저씨
고맙습니다, 강바람 이모님

우리들의 봄맞이 시위 어떤가요?
덮어놓고 몸값을 쳐달라는 건 아니고요
심심해서 하는 자연보호 캠페인도 아니에요.
꽃술 꺾어 군것질하거나
짓밟아버리지 않는다면
언제나 아낌없이 사랑을 드리겠다는
그 말씀 전해드리고 싶어서요.

행복의 계단

창문을 넘어온
손수건 한 장 같은 아침
말간 햇살과의 만남이 첫 계단

작은 식탁에 앉아
아내의 손맛에 취하고
날마다 감개무량하다면 두 번째

누군가의 초대로 길을 나서며
이웃의 온기 머금은
인사를 받는 것은 세 번째

잠시 걸음을 멈추고
살포시 포옹하는 두 나비에게
배시시 웃음 던지면 그건 네 번째

아, 그러나
탱글탱글한 물상物象 앞에서
소유욕이 돋아나면 그것은 망령

자스민의 눈물

어미오리, 새끼에게 유영을 코치하는 연못
필리핀에서 서울로 시집 온 자스민
시댁 어른들 얼굴 익히는 자멱질이 즐겁다
개구리와 자라는 싱크로나이스에 미쳤다
물방개와 풀잎은 구름꽃을 그리고 있다

지난가을, 아빠가 급류에 휩쓸려갔을 때 눈물 한 방울
새봄, 가당찮은 두 새끼의 날갯짓에 또 한 방울
4·11 총선, 한반도 상공 곡예비행에 성공한 그녀에게
토종들 질투의 눈총을 겨누고 있다
물 위의 운명을 거역하려는 찌지리들에게
'완득이 엄마' 가 또 울먹인다

연둣빛 우산 펼쳐진 연못가엔
일본 순경에게 귀 잘리는 우리 할아버지들의
슬픈 역사가 떠오르는데

휴전선 길손

DMZ에 내려앉은 앨버트로스
금강산 동해안으로 뻗은 오른쪽 날개와
임진강 백령도를 덮은 왼쪽 날개
모두 합해서 155마일
네가 포성이 잠든 판문점에 몸통 내린 지
회갑 진갑 다 지났구나
계절마다 현란한 옷 갈아입고
꽃사슴 다니는 길목에서
너는 세계인을 위한 스프를 끓이고 있구나
이제 한반도 위를 높이 비상하고
아마존 숲으로 떠나려무나

북쪽 반역자의 피비린내 나는 불장난에
너의 날개는 여태 피부병을 앓고 있구나
팔이 너무 길어 지금껏 짝을 구하지 못하고
불치의 상흔을 감싸 안은 채
풀벌레와 함께 울고 있다니
남들이 흘끔거리는 혼혈아지만
부모님은 이미 세상 떠나고 이젠 너 홀로

오늘도 세상 나그네들은
허기진 임진강가로
호밀과 보리쌀을 보듬고 가는구나

한반도의 고인돌이 되기 전에
이제 그만 떠나가지 않겠니
눈 딱 감고 그래주면 안 되겠니

도봉산 산불

- 한국화 '道峰秋色'에 부쳐

화라락, 도봉산에 불이 붙었다
심술이 난 화가 조경훈이 저지른 불장난
자주색과 노란 붓을 불쏘시개 삼아
가을볕에 문질러 불을 지폈다
큰 소나무는 눈물로 팔을 휘저어도
화마는 어느새 홍단풍 능선을 넘고
한 걸음에 떡깔나무 계곡까지 점령한다
늦가을 태양이 양양한 박수를 친다
뿔이 난 바위는 백마처럼 일어나
옥녀봉을 날아 인수봉 봉우리를 달린다
구경꾼들은 지팡이 들고 따라가지만
박장대소하는 저 불길 놓치고
발만 구르고 있네

제2부

동자승의 노래

피시 웨이 fish way

그대는 오늘이 있기까지
뱀장어 다니는 어도魚道 한 번 살펴주었더냐
우리를 구이로 술 한 잔 꺾었겠지

그대가 밤을 즐기 듯
우리는 밤길을 달려왔네
왜가리의 공격을 피해야 하니까

슬프다, 그대들 보다 수많은 우리가
그대 앞에서 먼저 지구를 떠나다니
시멘트 사다릿길을 원망하면서

우리 마지막 스러지면
그대 웃을 날도 줄어들텐데
그런 발걸음 막을 수 있겠나

왜가리

오늘도 금호강 왜가리는
흘러가는 강심을 지키고 서있다
어느 새 저녁노을은 치마를 흔들고
왜가리는 온몸에 현기증을 느낀다
천둥 번개가 오지 않는 조용한 물결
그의 긴 다리 앞에 누런 잉어 한 마리
누운 채 다가오는 것을 몰랐다
인간들이 양심째 버린 물을 마시고
저리 허망하게 떠나는 모습을
그도 외면할 수밖에 없었다

여름 정류장

한길 왼쪽을 지켜보던 신사
등 뒤에 이상한 인기척을 느낍니다
덩굴장미가 유리창 너머에 모여
피를 뿌리며 시위를 하고 있습니다

뾰족한 손톱을 물어뜯으며
우리도 떠나고 싶다
먼지 폴폴 날리는 신작로를 벗어나
버스도 타고 비행기 트랩에도 오르고 싶다

잠시 시간을 잃어버린 신사는
그들의 항변에 귀를 기울입니다
신사는 화단에서 그들의 목을 비틀었던
사춘기의 손버릇이 떠오릅니다

귀에 모바일 이어폰을 꽂은 흑장미는
신사를 외면한 채 의자만 차지합니다
아자자, 장미꽃 하나가 처마를 뚫고
정류장 보꾹에 가슴을 내밀었습니다

놀란 신사는 가시 돋친 그의 팔을 잡고
함께 버스에 오릅니다
환호성이 파도처럼 밀려옵니다

그림쟁이 함박눈

나의 창문은 텔레비전
함박눈 아저씨가 그리는 겨울 이야기를
중계방송해주고 있다
백합으로 수놓은 붉은 마티즈
리본을 달고 호호거리는 학교길 언니들
모두 새하얀 거북이다
그런데 오늘 TV는 이상하다
왜, 화가의 얼굴은 비춰 주지 않는지
운동장엔 하얀 시트를 깔고
소나무는 꽃망울을 어떻게 매달았는지
그 아저씨 얼굴 좀 봤으면
아이들은 누렁이와 함께 눈사람을 키우고
나는 곰곰 궁금증만 키우고 있다

추석 손님

봉분의 긴 머리를 다듬는 예초기 소리에
혼백은 유택에서 깨어나 벌떡 일어선다
산과 들 따라 베이지색 두루마기 걸치고
구수한 풀 향기를 마시며 걷는다
육십여 년 전 꽃가마 타고 떠났던 길
북망산천 건너와 배롱나무꽃의 인사를 받는데
스마트폰에 취한 두 손자는 못 보고 지나친다

흰 가마 탄 가을 손님은
초가지붕 아래 떡 방앗간을 찾아왔고
두 여인은 끄덕이는 방앗공이만 쓰다듬고 있다
할머니는 6·25때 집을 떠난 양반을 기다리고
늙은 아씨는 돌아오지 않는 신랑을 생각한다
육신을 가린 옛 주인은 말문이 막혀
향이 퍼지는 사랑채 섬돌 아래서
에헴, 종손을 부르고 있다

상주 말

자넨 서울 택시 사십 년인데
서울말이라면 도통했겠지

아직도 쪼매 몰라
뒷자리에서 빽빽내 지껄이는
토박이말은 당최 모르겠어

자, 탁배기나 한 잔 받게나
이거 울매 만인가
이 정구지전도 오랜만이지
갑자기 할머니 골곰짠지가 생각나네

그럼, 한마디 묻겠네
'갑자기' 나 '별안간' 이라는 상주 말을 아는가
아니, '각중에' 말을 하라니 기가 막히네
가끔 마누라 이름도 마캉 이자뿌거든

어이, 양통머리 없는 말은 그만하고
마카 잔이나 들어 보세
명품 이안동창회 브라보!

스타트 라인

- 중앙대 개교 백주 년에 부쳐

설렘의 아침마다
대리석 계단을 출발하는 당신
새해엔 원숭이처럼 펄떡펄떡 걸어가야 하리
너와 나, 우리 중앙인들은
선각자 어머니가 깔아준
까마귀 돌을 딛고 내달린 백 년 릴레이 주자들
이제 결승선이 된 스타트 라인으로
온힘을 쏟아 스퍼트하고 있네
그 사이 명수대 언덕배기엔
배움의 전당과 연못이 솟아올랐고
둥지 튼 청룡은 비상을 준비하고 있네
새해엔 중앙인 100년 무대를 더 손질해야 하리
양이 제 털을 깎아 공손히 주인께 바치듯
우리도 양처럼 따뜻한 가슴이 되면 좋겠네
새로운 중앙인 100년 릴레이를 위해
참한 벽돌 한 장씩 다듬어 내어
다시 스타트 라인을 만들어야 하네
어머니의 기쁨이고, 관악산의 바람이니까

청춘은

청춘은 펄럭펄럭 바람이었네
맨주먹으로 독버섯 짓이기고
파장 같은 여의도 의사당을 평정해
정의의 나무를 심는 것
나무는 열매를 맺지 않았지만
때로는 예순다섯 신중년新中年이
스물다섯 청년의 손목을 넘어뜨린다네
나이의 숫자로 늙어가지 말고
다만 팔뚝의 힘줄을 탱탱하게 당겨보게
희망의 언덕을 얼마나 더 올라야 할지
신바람을 데려와야 하네
다시 펄럭펄럭 바람이 불어오네

범바위 앞에서
- 애서가산악회 등반 일 천 회에 부쳐

그대는 누구와 무슨 약조를 하였기에
긴 세월 관악산 중턱 붙박이로만 살고 있는가
애서가산악회 회원들이
천 번을 찾아와도 눈웃음 한 번 주지 않으니
범바위, 그대는 어떤 약조를 하였기에
나들이 한 번 맘 놓고 나서지 못하는가

계약이란 기본이 2년, 연장도 된다지만
영구임대하면 가슴에 못이 박힌다 하네
그대 얼음장 지조가 조국을 구하기라도 했던가
오늘은 초승달 아래 발길을 돌리네만
엿새 뒤에 다시 찾아오는 발길 있다면
평강공주의 사랑 때문일 것이네

말하는 소나무

- 매니큐어화 '소생'을 위하여

겨울 밤 반쯤 얼어붙은 창밖에
함박눈을 뒤집어쓴 소나무가 노크하며
'저기, 봄 열차가 와요!
여인은 홀짝이던 맥주잔을 밀치며
'그럼, 겨울 열차는 언제 떠나요' 묻는다
소나무는 머리 위의 눈이 녹을 때까지
시간은 기회라고 일러준다
여인은 금세 매니큐어 뚜껑을 벗기고
잠자는 가족의 배꼽을 문지르기 시작한다
화병이 먼저 진달래 꽃눈을 빚어내고
샴푸가 산수유 꽃망울을 밀어내자
한밤중이던 컬링도 부스스 고개를 들고
모두 여인을 따라 플랫폼으로 나선다
태양이 동산에서 씽긋할 때
청송青松은 깃발을 흔든다
자, 봄 열차는 양지역으로 출발!

국회의원 체포 동의안

찬성 73
반대 118
기권, 무효 32표로 부결
2014년 9월 3일
땅 땅 땅

역시 가재는 게 편
정의가 주먹 쥐고 일어난다

비리 동료를 감싼다고
팍팍팍 휘훠
여의도 떼까치
의사당 지붕 위에서
새벽부터 삿대질 한다

숨은 장미

팔푼이라고 업신여기는 이들
수줍은 새아씨라고 밀쳐낸 사람에게
당신은 한마디도 대꾸하지 않는다
일부러 고개 숙인 적 없고
지금도 어릴 적 그 집에서 살고 있다
노랑나비 찾아와 하늘거리던 가을날
친구들은 흔들고 웃음 던져 입 맞추어도
당신은 눈감고 행운을 빌어주었다
폭풍우 만난 친구들은 금세 몸을 숨겨도
당신은 울타리 뒷줄 소나무 밑에서
생사의 갈림길을 휘청거리며 함께 버텨냈다
잘난 얼굴들 모두 떠나간 입동날
나직이 이름을 불러 주는 스님 앞에
당신은 훌쩍이며 남은 향기를 던지고 있다

한 번도 본향을 떠나지 않은 당신에게
태양은 푸른 스카프를 씌우고
바람은 갈색 방석을 깔아주는데…

여명의 눈동자

새벽은 원숭이들을 향해 일제히 소집명령을 내렸다
모자를 비스듬히 쓴 친구는 등짐을 지고 나왔고
두 바퀴를 열심히 굴리며 한 친구는 야채를 싣고 달려온다
마스크를 쓴 녀석이 가로등 밑으로 포대를 운반하자
점퍼를 걸친 친구는 지팡이로 그 속을 들썩인다
젊은 것은 손수레에 가마니를 실었고
병약해 보이는 것은 담뱃불을 달고 나온다
육상선수처럼 번호표를 붙인 버스는
앞가슴에 큼지막한 등불을 달고
순찰차는 머리 위에 깜빡이를 얹고 달린다
새벽이 마당에 큰 멍석을 펼치자
오늘 안 사면 못 산다는 울림
그들은 웃으며 눈물 찔끔거리고 낮게 흥얼거린다
비린 소리에 솔깃한 햇살이 고개를 쑥 내민다
발령자는 떠났어도 명령은 살아있다
새끼를 시멘트바닥으로 떠나보내는 은행나무는 목격자다

동자승의 노래

앙코르와트 사원 앞
한국인 학생을 태운 버스의 문이 열린다
핫팬츠만 걸친 동자승이 다가와 염불을 한다

원 달러, 네 개
네 개, 원 달러!

구릿빛 얼굴에서 쏟아지는 낯익은 범어
그 손과 팔목엔 팔찌들이 덜렁덜렁
나그네는 싯달타처럼 보리수 밑으로 간다
따라오는 염불소리 사이로
떠나가는 이방인들 어깨 위에

오빠 이뻐
언니 이뻐
여섯 개 원 달러!

범어는 한국말에 올라타서 노래하고
한국말은 범어를 싣고 톤레삽으로 달려간다

제3부

행복을 맞이하려거든

현란한 몸짓

햇살은 이 세상 최고의 환쟁이
기와집 추녀에 걸린 가지에 꽃을 매달고
은행나무 우듬지에 안부를 묻기까지
붓을 잡은 햇살은 천천히 종횡무진
때로는 샛노랗게 때로는 불그레하게
매니큐어 위로 내려앉았다가
해를 닮은 컬링의 얼굴이 된다
오밤중엔 혼자 웃다가 흐느끼다가
사기쟁반 위에 형형색색의 꽃잎을 담는다
영산홍이 피어나고 파랑새 찾아든다
금세 누가 연못에 무지개를 세웠는가
보아라, 이 현란한 자유자재의 몸짓을!
놀란 구경꾼들은 한순간
노랑나비가 되어 날아오른다

마인츠의 아침

누가 새벽의 열쇠를 가졌는가
동산 위 송신탑이 기지개 켜는 소리
숲에서 나지막이 기상나팔을 불어대는 비둘기
향도 까마귀는 호두나무 밑에서 구령을 외친다
밀밭에서 아침 점호를 취하는 대원들
맑은 바람에 입을 헹구고 베이글을 뜯는다
사탕무를 살펴보는 비둘기 부부는
산책 나온 개와 숙녀에게 길을 양보한다
나뭇가지에 늦잠 자는 직박구리 옆에서
'오 쏠레미오' 를 열창하는 동방의 나그네
자전거를 타고 가던 여인이 '구텐 모르겐' 으로 반긴다
햇살이 군홧발로 포도밭 고랑을 점령하자
열병식을 벌이는 길가의 미루나무들
프랑크푸르트로 향하는 비행기는 사뿐 라인 강을 넘고
아침의 행진 앞에 모두 깃발 흔드는데
돌아가야 할 조국을 그리는 단 한 사람
두 주먹으로 종을 때린다

노천탕에서

대마도에 솟아난 유타리 온천
한국인 나그네의 발목을 잡는다
혼을 빼앗긴 지난날을 잊었는가
가진 것 다 내놓고 하늘 향해 누워 본다
어릴 적 친구 흰구름이 찾아와
푸른 캔버스 위에 한반도를 세운다
남으로 제주도 동으로 울릉도를 그리고
외롭다, 두 아들 독도를 키운다
가족이 괭이 들고 섬마을을 가꾸는 날
현해탄 건너에서 검은 솔개 날아오고
동해바다로 하얀 물개들 달려온다
어머니는 죽창을 꺼내 들고
아들은 괭이갈매기 불러모은다

놀란 나그네, 안용복 용사의 주먹으로 일어나
동해를 지키는 독수리가 된다

미스터 소나무

콩알 만한 빗방울들이
가지 사이사이로 몸을 숨기더니
깡마른 지신과의 기습적인 입맞춤
그 꼬락서니 빤히 들여다본 소나무
질질 오줌을 지린다
그런 속도 모르고
빗방울은 무리지어 훙얼거리며
애가 타는 나무를 스치고 지나간다
간에서 기별을 받지 못한 미스터 소나무
산들바람을 불러와
다섯 개의 팔과 열두 개의 손바닥 흔들며
단비 양에게 악수를 청하고
추파를 던진다

벼이삭 앞에서

- 利安面 백주 년에 부쳐

기러기 건넜으니
이제 고개 좀 들어요!
초례청으로 나온 신부 앞에 신랑은 애가 탄다
그대 볼우물 속 연지미소 꼭 보고프다
지나간 백 년 이안 땅을 지켜서 고맙고
앞으로 함께 살아갈 날이 또 고맙다고
작약산 소나무 같은 사내들과
이안천을 닮은 아녀자들의 환호성이 퍼진다
그대의 결실을 거두는 가을 사자를 미워 하지 마라
사랑과 희생은 그대의 숙명이었나니

그대, 이웃을 기억하게
햇볕 앞에서 당당한 둥시감이나
농사일 도맡은 듬직한 황소
새로 오는 백 년에도 이안 땅을 찾아와야 하네
추석차례 지내는 할아버지께 인사하고
고추 말리는 할머니 치맛자락에 황금빛 알갱이
해마다 또박또박 던져주면 좋겠네
풍년 이안을 빚은 그대, 이제 고개 좀 들게
이안 사람 누구나 그대 앞에 고개 숙여야 하리

까치가

이른 아침 환호를 지르고 싶은 까닭은
미운 녀석에게 콩팔매를 던지고 싶기 때문이다

다른 나무로 옮겨가며 야단하는 것은
저 미련둥이를 두고 차마 떠나지 못하겠다는 안달이다

멀뚱멀뚱 빌어먹을지라도
재래시장 골목으로 나오라는 훈수다

소리방망이를 들고 마당에 들어서는데
녀석은 그제야 휘파람 불며 방문을 나선다

스카이 오아시스 Sky Oasis

279명의 가슴을 두 날개에 껴안고
2012년 12월 17일 낮 12시 05분
뉴욕 상공에서 도쿄로 향하는 JL 005 열차
그녀는 구름 위를 13시간 달려도
땀 한 방울 흘리지 아니하는 냉혈동물
가슴이 더워진 관광객들은
그녀 치맛자락에서 오아시스를 만난다

색색의 물기둥이 흘러내리고
초코렛 땅콩 쿠키나무가 손을 흔들고 있다
이곳을 안내하는 풍뎅이는 주위를 맴돌고
목을 추긴 아빠와 아이들은 킬킬거려도
47 G 좌석의 여섯 살 코코로는 그림만 그린다

토끼 눈에 청바지가 어울리는 일본 소녀는
스트어디스가 무릎 꿇고 차려주는 기내식을 밀어내고
뉴욕 집 엄마가 만든 초밥을 꺼낸다
혼자 나리따에서 후쿠오카를 찾아가는 천사의 얼굴에
옆 자리 한국 청년은 눈빛을 꽂았는데

덜커덩, 그녀가 구름 아래로 발을 뻗는다
천사, 아직 오아시스의 콘서트를 느끼지 못하는데

가을 기차역

우리, 낙엽 날리는 가을 기차역에서 만나자
분홍빛 코트는 입고와도 좋으련만
그대가 어디서 무엇을 하였더라도
아쉬운 사랑의 잔고만은 남기고 오기를

좋아리에 핏기가 더 필요한 사람들이
물기 지나간 나무 모퉁이를 기웃거린다
마른 잎을 바삭거리며 황금알을 고르는데

딸랑딸랑 가을 기차는 종을 울린다
입동 소리 높이고 세상을 일깨우며 온다
장터와 공장 골목을 누비는 허전한 사람을 위해
한낮에도 겨울 채비를 위해 불꽃을 피워올린다

첫 눈이 오기 전에
외투를 준비해야 하는 변두리 사람을 위해
배추밭 둘레로 온기 실은 자동차들이 몰려오는데

오늘밤 마지막 가을 기차는 떠난다

별들이 찾아와 훌쩍거리면 슬픔은 더하겠지
아직 겨울행 차표를 구하지 못한 사람을 위해
우리는 힘주어 저녁 종을 때리고 있다

몰라요

전국노래자랑에 나온
여섯 살 소녀의 노래
'당신뿐이고'
팔팔한 늙은 사회자 다가선다
'당신' 이 무슨 말인 지 알아?
몰라요!
그럼 내가 누군 지 알아?
"송해 오빠"
아이구 요 귀여운 것
이 담에 커서 뭐가 되고 싶은데?
몰라요!
그래, 모르는 게 좋지
아가야, 그럼 희망이 무슨 말인지 알아
몰라요!
그러겠지, 요 때가 좋은 때지
여러분, 우리 희망에게 박수 좀 주세요
팔십 년 전엔 나도 몰랐겠지
모르는 게 희망인 것을

대추 앞에서

고갯길 오르는 두 양반
대추 하나로 요기療飢를 하고
둘레의 춤추는 풍월
힐끗힐끗 탐하며 걸어가네

눈으로 그림을 그리던 두 내외
풋대추 네댓 개 앞에 놓고
이것이 또 일용할 새참이라며
마주 보고 환히 웃네

KTX를 타고

손기정의 뒤통수를 닮아라
황영조의 다리를 따라 달리거라
강산을 주름잡는 바람의 회초리가 날아든다
아버지는 가을운동회 부락 선수로 달렸고
외삼촌은 마라톤경기에서 에어컨을 타왔다
나는 선수는 못 되어도 오래 달리기를 배워
달리는 놈 위에 나는 놈을 보았다고
아들과 그 친구들에게 훈수를 두었다

날개가 스무 쪽인 이 선수는 한반도를 휘젓고 있다
숭례문의 향기를 해운대 바다에다 부려놓고
동백섬의 파도를 서울광장으로 실어온다
하루도 거르지 않고 오가는 일만 묵묵히 하기에
나는 멈출 줄 모르는 끈기는 어디서 배웠느냐고
차창 밖을 따라오는 황새에게 묻고 있다
그녀는 숨을 헐떡이며 대꾸를 한다
백두산 건너 러시아 벌판까지 비상하는 중이라고
나는 독수리가 되어 서해 바다를 날아간다

반송盤松

그가 아파트 현관 앞에서
초병처럼 고슴도치의 눈으로 출입자를 살핀다
눈부신 태권도복을 입은 아이들이나
청소부 아줌마에게도 무조건 경례를 올리지만
누구에게도 다정한 눈인사 한 번 받지 못했다
지팡이를 잡은 노인 혼자
그의 머리를 쓰다듬고 지나간다
노인은 훈련 전투기의 소음에서 6.25를 되새김한다
다부동전선 육박전에서 장렬히 공산군을 무찔렀다는
부대장의 편지가 온 지 60년,
아직 아들 소식을 받지 못했다
노인은 팔공산에서 전입해온 그를 아들의 환생이라고 믿고
있다
노인은 사과껍질과 마시던 우유를 그에게 가져온다
휴전선의 불침번 백령도의 용사 하늘의 파수꾼
모두 하나 같은 나의 피붙이
그대들과 나는 지금 누구를 위한 문지기가 돼야 하는가
지팡이가 땅을 탕탕 치고 있다

하모니카 편지

모내기 끝난 선동마을 언덕
삼촌이 하모니카를 기차게 불면
살구는 얼굴을 붉힌다
우가각 우가각
입술과 두 손으로 사연을 엮어내는 삼촌
바람은 아카시아 향기를 불러오고
편지를 꼬리에 매단 반딧불이
이장집 마당으로 든다
젊은 베르테르 슬픔을 읽던 명옥이
모깃불 연기를 타고 온 사연을 받고
선동마을로 들어선다
풀벌레들의 오케스트라 연주회 시작이다

행복을 맞이하려거든

지나가는 행복을 맞이하려거든
새벽 창문을 넌지시 열어 볼 일이다
빗소리는 벌거숭이 내 발목을 부여잡고
올라와 가슴을 지나 마른 손을 잡는다
그래도 나의 눈과 귀는 일어서서
모처럼 세상을 찾아온 빗소리를 맞이해야 한다
그는 천상 양동마을 맏며느리 걸음으로 다가와
고개 숙인 고추와 들깻잎을 적셔주고
비실대는 포도송이를 어루만지고
토라진 배롱나무꽃망울을 간지럽힌다
사박사박 보시하는 빗소리 곁에
밤새 따라온 풀벌레들의 환호성 커질 때
나의 가슴은 피둥피둥한 석류처럼 빼근하고
입안에 군침이 막 도는 것이다

제4부

겨울 나그네

어린 포수

소년은 네 살 아래 동생 앞에서
Y자형 나뭇가지에 고무줄 메어
나무총을 만들며 어깨에 힘을 준다

나뭇가지 위의 참새 서너 마리
지지배배 저들끼리 희롱을 벌인다
소년은 살금살금 다가가서
고무줄을 길게 당긴다
누런 콩알이 탱탱 튀어나간다

소년의 타깃은 참새 몸통이 아니다
저만치 새총을 든 어른이
슬금슬금 그들을 향해 오고 있었다
큰일 났다! 빨리 도망가, 참새야
소년은 다시 나무총을 겨눈다

남천식당 항아리

새벽 개미들 모이는 집
하나 뿐인 L 자형 식탁
앉을 자리 없어도 좋은 사람은
악수하자는 시장과 국회의원 지망생
삼 대째 쌀을 지키는 할머니의 항아리
우거지국에 피는 며느리의 양념 향기
첫 차 시간을 떠드는 벌초길 형제들
모두 상주 콘서트의 주인공들이다
후루룩,활력을 다지는 소리 따라
벼이삭들은 고개를 숙이고
땡감은 얼굴을 붉히고
상주의 풍년을 가꾼다

함창역에서

떠나가는 은행잎을 붙잡아 주오
굴러가는 단풍잎을 말려 주오
함창 간이역을 서성이는 코스모스
점촌으로 떠나는 단풍열차를 놓치고
가을빛에 온몸 샤워하며 몸부림친다
훗날 다시 오겠다는군요
그녀를 찾아온 고추잠자리가 속삭인다

가을배추 짊어진 이안 아저씨는 철길을 건너고
여물 아줌마는 홍시를 이고 출찰구로 나가도
아무도 맞이하는 사람 보이지 않는다
함창역 팔십 년을 지켜온 은행나무는
황금빛 눈물만 주룩주룩 흘린다

어데 가여?
거시기 팔러 장에 가는구만…
옛 이야기는 기적 소리가 되고
코스모스는 가늘게 몸을 뒤척인다.

양반 소나무

푸른 잔디 바스스 새벽을 밀어내면
키다리 의장대 소나무들 일제히
나를 향해 거수경례를 붙인다
과연 뿌리 있는 가문의 자손이로구나

본디 다리 하나에 팔은 네다섯
손가락 스무 남짓
땅 주인은 기형아라고 금족령을 내렸다지

어느 날 산골청년들이 그를 헹가래 치다가
율하우방 새마을로 주민등록을 옮겨놓았다
샛바람이 그의 어깨와 팔을 흔들면
햇발은 노란 깃발 흔들며 달려 나온다

창밖엔 지금 동네잔치 시작이다

이웃나무의 기도

환장하게 바람 불어 좋은 날
아파트 일층으로 이사 오는 진규네
감나무 소나무 사철나무 이웃들
모두 일어나 손뼉을 치네
창문 여는 처녀에게 낙엽비행기 날리고
마중 나온 까치에겐 홍시를 건네주네

해님은 배시시 입을 손에 가리고
일어나 일어나, 누이를 흔들어 깨우네
구름이 가다가 툭 나뭇가지에 걸릴 때도
아침 인사를 빼먹지 않는다네
밤이나 낮이나 걸어다니는 나무처럼
누가 들어오고 나가나 살피고 서 있네

매니큐어 꽃송이

7개월 시리즈 작품전 앞을
7분 만에 지나가는 길손은
예술가의 열정을 눈치 채지 못하는 얼간이겠지요

커피 잔에 향기를 채우고
개구리 다리 화병 시리즈의 미소는
신선한 야생화의 눈짓입니다

이제 서금랑의 매니큐어 갤러리는
모두 옷을 벗어던지고
더 따스한 숲속으로 겨울여행을 떠납니다

양지 쪽 뜨락을 지키던 고양이가
매니큐어 하회탈 앞에 웅크리며
현란한 봄날을 기다립니다

눈 오는 날

동지 명절날
여인은 산사를 찾아 나선다
낯익은 소나무 사잇길
함박눈이 동행하자며 따라온다
누가 저만치 언덕을 오르고 있다
한참을 뒤따라 보니
형제봉 밑 거북 영감이다
여인은 잠시 배낭을 내리고
영감은 하얀 망또를 걸친 채
둘은 길을 잃는다
삐비빅, 붉은 산새 다가와
부처님의 얼굴빛을 찾아가자고
앞장을 선다
팥죽의 향기에 젖어
모두 산문山門에 든다

찾아가는 음악회

금호강 동녘 율하 우방아이유셀 광장
멜로디 보따리를 안고 온 아양아트센터 연주자들
'그림 같은 집을 짓고 임과 함께' 합창을 쏟아낼 때
외손자 손목 잡고 나들이 나온 할머니
찡얼대는 아기를 태워온 유모차 엄마들
까치 소리 환호성을 밤하늘에 띄운다
K2 훈련기도 우레 같은 박수를 보낸다

굴렁쇠를 한데 엮다가 따로 떼어내다가
두 매듭을 한 줄로 풀어내는 마술쇼
마당에 뒹굴던 아이들 눈방울은 왔다갔다
금세 퇴근한 젊은 남편은 숨을 멈춘다
오, 해피 데이~ 4중창단이 화음 속에 깜짝 춤출 때
동네마당엔 웃음꽃이 파도치고
싱싱한 엔돌핀은 동네방네 번진다

별들은 벌렁벌렁 앵콜을 보내고
율하공원 귀뚜리는 브라보, 기립박수를 친다

억새

그는 억세게 모자를 좋아한다
추석이 지나자 양털모자로 바꿨다
서리가 찾아오니 그 비위를 맞추고
바람이 찝쩍대자 벗는 듯 다시 쓴다
봄이 되면 벗겠노라 장담한다

똑같은 모자를 쓴 그들은
오와 열을 맞추고 총검술 동작을 익힌다
폭풍우 앞에서는 스크럼을 짜고
적진으로 돌격해 귀신 잡는 해병이 된다

오늘 밤 대설주의보가 발령되었다
억새밭으로 낮은 포복의 정적이 포진하였고
꾸벅 인사하는 박새는 제 둥지로 떠났다
하늘은 뿌연 커튼을 치기 시작했다
그는 다시 어깨를 세워 털모자를 눌러쓴다

나무동네 아이들

억새를 눕힌 돌개바람이 달려든다
숲 속 나무들은 겁에 질려 떨고 있다
공원 벤치 밑으로 친구들이 모여든다
폭풍우 휘몰아쳤을 때도
어미의 팔을 잡고 견딘 그들이었건만
서리 주사 한 방에 삭신이 늘어진다
단풍나무는 벌게진 얼굴로 달려와 주저앉고
감나무는 굳은 초콜릿 표정으로 변했다
임시반상회를 열어
지난여름 집을 나간 형제들과
닥쳐올 눈보라 문제를 토론하였다
절뚝이는 노인이 지팡이를 끌고 왔다
이참에 자기 자식도 찾아달라며 눈물짓는다
머리 굵은 플라타너스가 발끈 일어난다
사람들은 왜 제 새끼를 밖으로만 내모는지
그러다 뒤늦게 후회하고 안달인가
우리처럼 한 곳에 뿌리 내리고 살 일이지

또 돌개바람이 달려든다
등이 시린 아이들은 다시 스크럼을 짠다

고향 머스마

갑장산 자락에 땡감이 잘난 체하면
여기는 외남면 감나무골이고
외양간 송아지가 음매 음매 부르면
이안면 여물리 질구지 마을

네 살배기 누에가 고개 쳐들어
푸른 땅굴 파는 현장을 지켜주지 않았다면
고향이 상주라 말하지 말아야 하네

누런 이삭들 함창 들판에서 출렁거리다
지붕에서 춤추는 호박을 넘보는 사이
총각은 고추 따는 처녀 가슴에 휘파람 띄우고
콩밭에 터진 홍시를 맛보고 나서야
범바우 실개천에 손을 적시네

겨울 나그네

서걱대는 가지에 핏발이 설까봐
소올솔 눈가루로 그이 얼굴 그리네

그리움이란 그 사람 모르게
내 눈에만 보이는 꽃송이

사박사박 오밤중을 관통하며
설원을 꿈꾸는 발목을 잡네

흔들리는 몸으로 뜨거운 노래
눈꽃에 입맞춤하는 겨울 나그네

웨딩 마치 속으로

부챗살로 퍼지는 햇살을 180도로 맞으며
아버지의 팔짱을 낀 신부가 숲으로 향한다
비로소 오늘 정든 본향을 떠난다
남기고 가야할 것은 무엇이고
가지고 가야할 것은 무엇인가를 곰곰 생각타가
양지에서 기다리는 청청한 나무 한 그루 만난다
듬직한 소나무가 그녀의 팔을 이끌고 언덕에 오르자
그녀는 순간 하얀 천사가 된다
조물주는 금강송과 천사를 오럴테스트하기 시작한다
그들의 향기와 본성을 따져서 묻고
영원한 동행을 허락할 때
숲속에서는 찰랑찰랑 합창이 일어난다
뒤돌아선 그들은 유년의 그늘을 회상하며
축하의 꽃가루 위로 각자의 눈물을 뿌린다
신랑은 함께 손잡고 숲속의 행진을 생각하고
신부는 훨훨 높은 하늘을 날고 싶건만
친구들은 춤추는 바닷길을 권하고 있다
그녀의 가슴은 내내 콩닥거리고
그의 가슴에는 물결이 인다

할매 감 손자 감

등에 올라탄 손자 녀석
홍시, 저 홍시!
조막손을 흔든다
감 잡은 할머니는 감나무 밑으로 간다
참 이상테이, 아가야 좀 내려오렴
감나무 위로 눈총을 쏘아대는 할머니
잎사귀 뒤로 몸을 숨기는 노란 것들
할머니는 육박전으로 머리 큰 녀석의 목을 잡았다
할매, 왜 이리 우악스럽게 화를 내세요
이놈아, 오늘이 너 제삿날이다
아직 때가 아닙니다, 그만 놓으세요
땅땅, 지켜보던 누렁이가 종을 친다
알았다, 이놈아
아가야, 저건 땡감이구나
천천히 감을 잡는 손자 녀석

제5부

사월에 눈이 오면

바다의 고구마

울릉도
독도
오늘도
그대는 우리 아들

마라도
화랑도
내일도
그대는 우리 손자

백령도
거제도
이어도
그대는 대한의 맥박

설운도
누이도
뭐래도
그대는 바다의 고구마

새날은 새들이 쫀다

그대 이야기만 풍문으로 무성하여
내 앞에 오는 모습 바로 보고 싶었네

일출봉에서 깜빡한 사이
오늘은 또 걸렀다며 훗날 다시 오라 하네

그날은 우리들 날개 속에 숨겨져 있다고
소나무 위에서 새들이 귀뜸하네

초등학교 사은회 때 마신 막걸리 한 잔으로
밭고랑에 드러누웠던 시절로 돌아가는 중이네

용케도 큰 두루미 날개를 잡아 올라탔네
나는 나뭇가지에 걸터앉아 노래 부르네

그 많은 새들은 죽어서 어디로 날아갈까
나는 즐비한 새의 주검을 보지 못했네

밤새도록 새날을 쪼아 아침을 밝히는 새들
새벽 독수리가 불덩이 물고 바다 위로 비상하네

밥상을 차리다

오백 년 내려오는 울릉도의 특별 메뉴는
파도를 맛있게 조리하는 레시피
까불거리는 왜구를 밥상에 올린다

형님, 그 비법이 궁금해요
저도 물려받은 이 섬을 지켜내야죠
독도야, 태풍이 부는 날 만나자
형님, 물개떼가 올라와 바둑이를 물어뜯고 있어요
왜구의 앞잡이다, 당장 작살내거라
파도를 먹는 우리에게 저들은 적수가 아니다
그 비법은 장보고와 이순신의 옷을 물려 입은
저 안용복 용사의 용병 레시피에 들어있다
비린내가 구수해도 파도에 입술을 대지 말고
눈총과 주먹 발길로 까부셔야 한다
'韓國領' 이라는 주 메뉴판도 있다
왜구의 후손들이 이를 읽어내지 못하게
초장에 물꼬잽이 시켜야 한다

그들은 지금 난파선에 매달려

태극기 아래 배 아파 울고 있다
방사능에 오염된 생선을 팔고 싶어
자 떨이떨이, 해거름 파장처럼 흔들고 있다
우리들의 식사법은 오징어 한 마리에
왜구의 코를 꿰는 일

파도는 쉴 새 없이 왜구를 떠올리고
연방 밥상을 차리라 한다

샛별의 메시지

아기 예수 나셨다고
작은 별들이 까꾸까꾸 카톡을 보내오네

동방박사들은 서둘러
선물보따리 둘러메고 찾아왔네

아기 예수는 고사리 손으로
꽃가루를 소록소록 뿌려 주네

눈꽃 모자 쓴 동방박사들
할렐루야 할렐루야, 춤추네

찬 별들은 조곤조곤 기도하네
아기 예수가 방글방글 웃음 짓기를
온 세상이 눈꽃처럼 평화롭기를

노래하는 연하장

산동네 우체국 창가에 서서
그녀는 징글벨 징글벨 흥얼거립니다
코트 입은 사나이가 어깨를 톡 건드리고
그녀와 수다 떠는 친구의 얼굴을 베끼기 시작합니다
사내는 한류를 타고 온 푸른 눈의 배거본드
연 날리는 아이들, 가을 초가집, 말의 고삐를 잡아챕니다
추억을 남기고 떠나온 자유의 여신상, 에펠탑 그리고
버킹엄 궁, 베르린 장벽 옛터로 훌훌 안부를 띄웁니다
지켜보던 그녀, 오우 뷰티플!
가로수에 매달린 두 잎새가 박수를 칩니다
그녀도 새해 메시지 띄울 곳을 읊어봅니다
우편을 받지 못하는 곳에 머무는 얼굴
드문드문 이메일을 주고받던 얼굴
그리고 묵묵히 고향을 지키는 친구들
- 오백 년 감나무, 칠십 년 뽕나무, 공갈못, 성주봉, 경천대…
모두들, 해피 뉴 이어!

김장김치

주인은 촉촉한 내 알몸을 좋아한다
슬며시 다가와 얼굴을 어루만지며 입을 맞춘다
그럴 때마다 내 몸은 속살이 차오르고
단발머리는 거꾸로 싱글싱글 자란다
주인은 소설 무렵 서리 주사 한 대 꽂아주더니
대설엔 나를 뽑아 안고 안방마님 앞에 데려간다
그녀는 번득이는 칼날을
내 불어난 몸 앞에 대고 기도하듯 멈칫 한다
가을 사랑은 이렇게 떠나가는가
순간 내 몸은 두 동강났고
노란 속고갱이까지 드러나고 만다
짜디짠 물고문은 시작되고
숨은 죽었으나 고춧가루 고문에도 살아남았다
그녀는 컴컴한 옹벽으로 나를 처박는다
동짓날, 나는 춘향이가 되어
가족 앞에 무릎 꿇려져 오들오들 떨었다
수청들 기분 아니라고 가벼이 고개 흔들 때
내 몸은 갈기갈기 찢기어져 상어 이빨을 만난다
나는 모른다, 왜 여섯 가지 고문을 받아야 되는지를

비명소리 나는 곳에

사람들의 고소한 웃음소리 높아 간다.

아버지의 붉은 치마

카르르카르르
먼 바다로 고구마를 캐러 나간 아버지
그득한 귀국선을 몰고 오네

새벽 마중나가는 독도의 두 아들과 이웃
괭이갈매기들 아버지 만세를 연호하고 있네
오늘도 무사히, 외할머니 기도 소리에
도동항 숲속 까마귀도 비상하네

수평선에 붉은 깃발
조국을 지키는 아버지의 붉은 치마
밤새 현해탄 넘어오는 하얀 물뱀들 내려치고
한반도 위에 던지는 사랑과 생명줄의 선물

하늘이 내려오자 만선은 환한 가슴을 드러내고
영일만 어촌시장 문 여는 소리 왁자할 때
붉은 치마 밑으로 성큼 걸어오는 아버지
출항선을 향해 경례 붙이네

바다가 삼각형 박수를 치고
갈매기는 태극기를 공중에 펼치네
동해바다 모닝 세리머니 오늘도 현란하네

새해를 찾아

꺾은 매화가지 입에 물고 온 보따리장수
신비한 보물을 지키려고
저리 눈팔매질 하며 오는가

얼음 발톱 세워 모자 쓴 뚱딴지같은
악귀들에게 발길질하는 동안
골목 안은 하얀 피가 흐른다

아들 딸 줄 세운 애비는
태백산 밑 초가집을 찾는다
연기 나는 하얀 집에 생불이 앉아 있음이다

달집을 태우며

정월 추위가 고르게 번진 금호강 둔치
대보름 달집태우기 행사에 갔다
깡마른 갈대밭에 생솔가지 입힌
30미터 높이의 달집을 세우고
村長은 火女를 불러 불을 지르라 명한다
불의 신을 향해 주문을 외운 뒤
저고리와 치마를 벗어 불쏘시개로 집어던진다
하늘에 검은 연기 솟구치자
붉은 기둥이 용틀임하며 등장한다
촌장은 소원과 희망을 달구고
그녀는 맨몸으로 춤을 춘다
훨훨, 붉은 머리채는
이 땅의 근심을 잡아끌고 달동네로 떠난다

갈대가 후들후들 다리 떠는 사이
달은 흥부네 박이 되어
온 동네 데굴데굴 굴러다닌다

용궁우체통

산더미 밀물 때 밀려오는구나
가오리 달려와 편지 한 통 던지고
얼룩무늬 참돔은 소포를 맡긴다
경주시 양남항구길 25-1번지 해변에서
용궁행 우편물을 접수하고 있다

고향을 모르는 바닷속 떠돌이들
용왕님에게 연하장을 띄우고 있다
지난해 허리케인의 심술을 기억하고
새해 바닷길 풍랑이 가라앉기를 기원하며

배고픈 갈매기들은 수상 시위를 하는데
문어는 깃발 들어 행낭의 출발신호를 보낸다
고래는 썰물에 그를 싣고 용궁으로 향한다
물새들 앞장서고 구름 열차 달려가고
끔벅거리던 태양이 갑자기 몸을 비틀자
황금빛 자라가 박수치며 맞아준다
용궁이 열리고 용왕이 현신한다
택배를 뜯어본 왕의 메시지

"조각난 것들이 과욕을 부리는 세상
외로운 아이들아, 내려오면 어떠리"

자라는 그 말씀 새겨 행낭에 담고
고래는 포대를 받아 메고 다시 항구로 떠난다

사월에 눈이 오면

사월도 하순 토요일 아침
눈치 없이 성근 눈발이 날린다
문경새재 과수원집 노처녀가
사십 년 만에 장차 시어른께 첫 인사 가는 날
눈은 질투처럼 따라나서고
뽀얀 배꽃 잎을 친구마냥 데려간다
몇 해 전 집안 동생이 시집가기 전날 밤
왜, 그 집 앞 골목을 훔쳐보며
가슴앓이를 했는지 처녀는 모른다
눈은 멎고 순한 바람이 배나무를 찾아왔다
꽃잎을 다 빼앗겨도 나무는 누구를 탓할 줄 모르고
몸을 곧추세워 봄 손님을 기다린다
나도 이 봄엔 남 탓하는 옷을 벗어야겠다
재산 권력 학력 스펙의 사슬을 끊고
파랑새 되어 연둣빛 들판으로 내달리고 싶다
바람에도 굴하지 않는 우둘투둘한 과목을 만나
탱탱한 열매를 안고 웃는 꿈길에 들고 싶다

한 덩어리의 눈송이가 정수리에 툭 내려앉을 때
비로소 나는 사월의 푸른 길로 들어선다

눈치작전

길게 목을 뽑은 재두루미 한 마리
금호강 늪을 서성거립니다

강물은 연신 물고기를 풀어주고
청둥오리는 먼저 그걸 골라냅니다

잠수교 위를 달리던 자전거에서
갑자기 한 아저씨 내리고
저만치 재두루미에 눈총을 겨눕니다

황새가 하늘에서 경적을 울리자
아저씨는 자전거를 끌기 시작합니다

이번엔 재두루미가 아저씨를 조준합니다
아저씨는 후딱 재두루미를 훔칩니다

다시 강물은 물고기를 단속하고
청둥오리는 피라미를 물었습니다

잠수교 아래 위에서 총격전이 한창입니다

파독 간호사 영숙이

나이팅게일의 나비를 머리에 얹고
평생 아픈 사람의 친구가 되고자
상주보건소에 둥지를 튼 영숙이
어느 날 비행기를 타고 홀연 독일로 날았다
응급실 영안실 입원실 병실을 오고간 지 45년
환자 옆에서 자신의 몸을 돌보지 못하고
머리칼만 작위인양 회색빛으로 물들었다
65세, 정년의 기념으로 찾아온 조국 땅
고향 선영 앞에 밀린 인사를 올렸다

여의도와 한강, 팔공산과 금호강 그리고
해운대 동백섬을 조용필의 노래처럼 바라보던 숙이
느닷없이 찾아온 복통을 호소하며
서둘러 다시 독일행 비행기에 올랐다
여행은 즐거웠다고 날개 흔든다
무슨 신통한 날개를 달아야
고향을 떠난 저 하얀 나비
탈 없이 붙잡을 수 있을까

<누이동생 유작시>

친구야, 강남 가자

이 영 숙

긴긴 지난 세월 아랑곳없이
라일락꽃 다시 피는 이 계절에
화사한 웃음으로 마주치는
우리들의 얼굴이 빛나는구나

너의 선한 눈매는 여태 변함이 없고
은은히 풍기는 성숙한 여인의 자태는
달콤히 익은 수밀도의 모습이다

아, 꽈배기 깨물던 어린 시절 그리워라
흰 머리 물들이고 하이힐 갈아 신고
혈압약 챙기고 가방을 둘러매고
친구야, 우리 제비 따라 강남으로 가자

2015. 4월 서울에서

이영숙 : 1949.4.20. 경북 상주 출생.
상주여중, 김천간호고교 졸업. 상주보건소 근무.
1970.3. 간호사로 독일 이주, 1976, 게하르트 나겔과 결혼
2015.2. 정년퇴직, 2015.7. 독일 이다오브스타인병원에서 작고(66세)

해설

생물학적 나이를 초월한 만년 청년의 맑은 시심

권순진(시인)

시인이 되기 전에 먼저 인간이 되어야한다는 말들을 한다. 시를 잘 쓰기보다는 사람 됨됨이가 더 중요하다는 뜻인 동시에 시는 숭고하고 아름다운 것이어서 인격이 미치지 못하면 시인으로서 마땅치 않다는 말이기도 하다. 또한 이 말에는 시적 성취가 인격의 성숙과 비례하지 않는다는 함의도 지니고 있다. 글에는 그 사람의 마음 밭이 고스란히 드러날 수 있기에 그다지 틀린 말은 아니다. 하지만 시인이라고 해서 뾰족한 존재는 아니고 다른 사람에 비해 특별하지도 않다. 시인에 앞서 그들도 생활인이며 남들이 겪는 삶에서의 희로애락을 모두 겪으면서 살아간다. 더러 잘못을 저지르기도 하고 허물도 없지 않을 것이다.

어떤 의미에서 시는 자신의 상처와 허물조차도 진실하게 담아내는 치유의 그릇이기도 하다. 그렇다면 인간이 덜 여물었거나 설령 도덕적으로 사소한 험결이 있다손 치더라도 시를 쓰지 못할 이유란 없는 것이다. 많이 배워야 하고 반드시 인격적으로 성숙해야 시를 쓸 수 있고 시인이 될 자격이 주어지는 것은 아니다. 얼마나 진정성 있는 시를 쓰느냐가 중요하며 진득한 삶의 체험에서 우러나오는 사람 냄새가 밴 시면 족하다. 기교만으로 쓰는 시는 잠시 독자를 현혹시킬 수 있어도 그것은 언어유희에 지나지 않으며 생명력이 짧다. 진실하고 진솔한 시만이 오랫동안 독자의 가슴에 감동으로 남는다.

아이보다 훌륭한 시인은 없다고도 말한다. 아이 같은 순진무구한 시선으로 쓴 시들이 오히려 진실하고 아름답게 보일 때가 많다. 결국 시는 누구나 쓸 수 있지만 시인이 되기 위해 시를 써서는 안 될 것이다. 독일의 문호 괴테는 좋은 시에 대하여 이렇게 말했다. "좋은 시란 어린이에게는 노래가 되고 청년에게는 철학이 되고 노인에게는 인생이 되는 시다" 시는 사람들의 마음을 위로하고 즐겁게 해주며, 삶을 사유토록하고 인생을 느긋하게 들여다보게 한다. 더불어 시를 읽고 쓰는 동안 자신의 마음을 정화하고 가다듬을 수 있는 것이다. 그리하여 시 창작의 궁극적 의의는 자신을 포함해 세상을 긍정적으로 변화시키는데 기여해야 한다.

이후재 시인은 타고난 곧은 성품에다가 오랜 기간 방송인 생활을 거치면서 예의와 겸손과 배려가 몸에 밴 분이다. 두루 많은 이들로부터 인품이 훌륭하다는 평판을 들어온 터였다. 늘 스스로를 낮추어 배우고자 노력하는 반듯한 사람이다. 말하자면 시인이기 전에 충분히 된 사람인 것이다. 작품 이전에 한 인간으로써 그가 걸어온 삶은 인격적으로 존경받기에 충분하다. 모름지기 시인은 시의 품격을 높이기 전에 인간의 품위를 높여야 한다는 말이 타당하다면 이후재 시인은 그에 합당한 사람이다. 시의 품격이 인간성의 품격과 반드시 비례하진 않지만 적어도 이후재 시인의 시는 그래서 삿되지 않다.

이번 세 번째 묶는 시집의 시편들에는 동시가 아님에도 삶의 자국과 함께 시인의 소박한 심상과 천진함이 고스란히 묻어나와 성품 그대로 편안하게 읽힌다. 치열한 시를 쓴답시고 시적 장치들이 억지 가동되어 난삽해지기보다는 지상의 모든 사물에 대한 애정에서 샘솟은 진솔하고 솔직한 마음이 시의 행간에서 반짝반짝 빛나고 있다. 시인이 평소 지니고 있는 내면의 잔잔한 서정들을 담담하게 표출한 것들이다. 삶의 회로에 갇혀 지내다보면 때로는 단순하고 분명한 것에 이끌리게 된다. 있는 그대로의 비틀림이 없는 세계를 아이 같은 순진무구한 감성으로 편안하게 받아들일 때 대상은 보다 선명하게 인식된다.

이후재 시인의 시는 꾸밈이 적으며 메타포의 얼개가 복잡하지 않다. 의도적으로 시적 긴장을 유발하거나 찾아 나서지는 않는다. 부풀려지거나 억지로 감추려하지도 않는다. 그럼에도 대상에 대한 온기와 유머를 잃는 일이 없으며 아름다움을 발견하는 눈 또한 맑다. 가까운 둘레의 체험 공간 속에서 신실한 삶에 천착하는 시인의 시정신이 작품에서 잔잔하고 은근하게 숨 쉰다. 그의 특유의 온기 가득한 시선은 이번 시집에서도 여실히 발화하고 있다. 시인이 걸으며 대지 위에서 마주쳤던 시의 오브제는 그의 착한 시적 자아에 의해 평범한 것에서 특별한 상태로, 무생물에서 살아 꿈틀거리는 생명체로 거듭난다.

그는 언제나 낙관적이며 이타의 매너에 익숙한 시인이다. 그것은 사람뿐 아니라 긍정적 환희로 동식물에게까지 확장되고 있다. 시인은 더러 미완의 고통과 현상의 문제를 제기하면서 현실참여적인 시를 쓰기도 한다. 이때 풍자와 조롱의 언어를 구사하지만, 그 경우조차도 바탕에는 늘 대상에 대한 애정이 주조의 개념으로 흐르고 있다. 시인은 의인법이나 활유법을 이용해 동화적 상상력의 나래를 즐겨 펴곤 한다. 무생물이나 동식물에 인격을 부여하여 사람의 의지와 감정을 지니도록 하는 것은 시를 처음 배울 때 터득한 비유법이다. 하지만 이후재 시인에게 있어 그것은 천성의 무구함과 무관치 않으며 시적 대상에 대한 이미지의 전이로 채택한 전략이기도 하다.

이번 시집의 대표적 이미지를 꼽으라면 '햇빛' 과 '나무' 와 '고향' 등을 들 수 있겠다. 물론 이는 시집에서 자주 눈에 띄는 시어에서 추출한 것들이다. 특히 '햇빛' 은 그의 시를 관류하는 핵심 이미지로 시인의 삶 가운데 내재된 긍정과 희망, 생명과 건강성을 상징해주는 이미지라고 말할 수 있다. 순수에 대한 귀소본능도 엿보인다. 그리고 이들을 배경으로 한 해학과 재치와 익살이 넘실대는 시들이 여러 편 눈에 들어온다. 어떤 시에서는 영락없는 개구쟁이의 모습을 떠올리게 한다. 그런 다채로운 얼굴들을 보면서 빙그레 미소를 머금는다. 시인의 물리적 나이를 넘어선 동심으로 가득한 마음 밭을 헤아릴 수 있는 대목이다.

그리고 시집의 맨 마지막엔 지난여름 갑자기 세상을 떠난 여동생에 관한 시를 두어 편 싣고 그 동생이 남긴 시도 한 편 옮겨 실었다. 파독간호사로 고국을 떠났다가 독일에 눌러 살았던 여동생의 갑작스런 죽음이 시인을 엄습했다. 동

기간으로서는 6남매 가운데 처음 세상을 떠났으니 죽음이 가져다주는 파장은 곧장 폐부 깊은 곳까지 자극했으리라. 혈육의 죽음은 단순히 무로 회귀한 자연의 현상이 아니라 감각하거나 소유할 수 없는 어떤 심각한 사건임을 말해주고 있다. 그것은 고통을 통해 능동적이던 주체에게 어찌할 수 없는 수동성을 경험하게 하는 존재론적 사건이다. 다만 누이동생 '이영숙'이 남긴 시의 한 대목 "아, 꽈배기 깨물던 어린 시절 그리워라" 그 지점에서 언젠가 두 영혼이 조우하리라 믿는다.

녹동언덕에 봄 달구지 떨거덕거리면
마른 풀 덤불 헤치고 새순을 쏘옥 내민다
반쯤 문드러진 축대 아래 개나리꽃이 손짓하고
패랭이와 냉이는 일찌감치 서열 다툼이다

어린 소나무는 공연히 아빠 소나무에게
양지마을을 떠나자고 조르고 있지만
한평생 살아온 고향을 등질 수는 없다고
이곳 식솔들을 외면할 수 없노라고 한다
동구 밖 잣나무 무리들이 손사래 치며
마을은 이제 자기네가 지킬 테니 떠나라지만

솔향기에 길들여진 녹동 숲속 식구들

지천으로 퍼진 조무래기 쑥들까지

부전나비도 소쩍새도 개구리도 함께

천 년이고 만 년이고 함께 살자며

춤추고 노래하며 장구 두드리네

- 「쑥이네 언덕」 전문

'녹동' 은 경북 상주시 이안면 문창리에 위치한 마을이름이다. 지금은 귀농 귀촌하는 사람들이 옹기종기 모여 전원주택 단지가 형성되어 동네 어귀에는 '녹동귀농마을' 이란 표지석도 놓여있다. 녹동귀농마을에 30여 세대의 깔끔한 전원주택이 새로 들어서 있고, 바로 이웃의 양지전원마을에도 같은 규모의 주택들이 새롭게 단장되어 있는 곳이다. 마을에는 전에 없던 초등학생들의 밝은 웃음소리까지 들리는 등 활기가 넘쳐 여느 농촌마을과는 사뭇 다른 분위기다.

어쩌면 이 시에서 묘사된 정경은 개발되기 바로직전의 모습이 아닐까 추측된다. 떨거덕거리는 '봄 달구지' 라든지 '반쯤 문드러진 축대' 등의 표현에서 그런 짐작이 가능하다. 새롭게 단지를 조성하기 위해 집터를 고르고 그 위에 새로 집을 짓자면 불가피하게 땅을 갈아엎어야 하고, 삽자루가 땅을 파헤치는 과정에서 푸성귀들끼리 '서열다툼' 이 일어나고 소나무와 잣나무가 서로 연고를 주장하며 힘겨루기를 벌이기도 할 것이다.

이후재 시인에게 물어서 확인하나마나 이 마을은 시인의 고향마을이거나 아마 그 인근의 어디쯤 될 것이다. 봄이 오면 어디를 가나 이 땅의 들에는 향긋한 쑥이며 냉이들로 지천이다. 시인의 고향마을도 예외는 아니다. 시인은 때 되면 어김없이 '마른 풀 덤불 헤치고 새순을 쏘옥 내미'는 개나리꽃이며 패랭이 냉이 따위의 여린 생명들이 이 터전의 주인이라 여긴다.

그 가운데서도 의인화하여 '쑥이네'라 명명한 것에서 알 수 있듯이 시인은 '지천으로 퍼진 조무래기 쑥'들을 진정한 녹동언덕의 민초로 받든다. 세상이 변하고 살기 좋은 마을로 탈바꿈하는 것은 하더라도 이들의 뿌리가 뽑혀서는 안 되리란 신념을 시인은 갖고 있다. 그들뿐 아니라 그 쑥대밭 위에서 '부전나비도 소쩍새도 개구리도 함께' '천 년이고 만 년이고 함께 살자며' 추임새를 넣는다. '춤추고 노래하며 장구 두드리'는 '쑥이네 언덕' 녹동마을이 환해지길 시인과 더불어 희망한다.

창문을 넘어온
손수건 한 장 같은 아침
말간 햇살과의 만남이 첫 계단

작은 식탁에 앉아
아내의 손맛에 취하고
날마다 감개무량하다면 두 번째

누군가의 초대로 길을 나서며
이웃의 온기 머금은
인사를 받는 것은 세 번째

잠시 걸음을 멈추고
살포시 포옹하는 두 나비에게
배시시 웃음 던지면 그건 네 번째

아, 그러나
탱글탱글한 물상物象 앞에서
소유욕이 돋아나면 그것은 망령

-「행복의 계단」 전문

이후재 시인은 본디 오랜 직장이었던 KBS 가까이에 있는 여의도에서 살았다. 그러다가 미혼인 둘째 아들이 대구에서 직장을 시작한 관계로 이를 바라지 하기위해 내외가 대구로 거주지를 옮겼다. 지금 살고 있는 동구 율하동 아파트는 신도시 풍의 잘 정비된 주거여건과 깨끗한 주변 환경 등으로 정주요건을 두루 갖춘 곳이다. 인근에는 자연과의 조화를 충분히 살린 넓은 공원이 있고 금호강이 흐른다.

시인의 시 가운데는 생활권 안에서 얻어진 것들이 꽤 포함되어 있다. 산책을 통해 둘레에서 생각하고 걸으면서 얻은 아이디어와 기록들이다. 이 시도 어쩌면 아침 산책길을 나서면서 느꼈던 행복에 대한 단상이 아닐까 생각된다. 창문을 넘어온 내 몫의 '손수건 한 장 같은 아침' 을 받아들면서부터 행복은 출발한다. 하루의 행복은 시인의 낙천적이고 긍정적인 마음에서부터 비롯됨을 알 수 있다.

그리고 아내의 사랑과 정성이 가득담긴 음식을 매일 얻어먹으면서 불평을 널어놓을 간 큰 남편은 세상에 없겠지만, 실제로 그 손맛에 감사하고 행복해하는 시인의 모습을 여러 번 목격한 바 있다. 시인은 그저 동네사람과 눈을 마주치며 소소하게 나누는 인사말 한 마디에도 기뻐하고 삶을 긍정할 줄 아는 훈훈한 사람이다. 일상으로부터 발견하는 사소한 행복을 내 몫으로 챙길 줄 아는 사람이다.

또한 집을 나서면 화단의 초목들이 기다렸다는 듯이 반갑게 안기고 팔랑대는 나비에게도 배시시 웃음을 던진다. 걸으며 거리와 숲속의 나무들과도 인사하고 대화를 나눈다. 늘 마주치는 눈부신 자연과의 조우이다. 여기까지 행복의 계단은 눈을 감고도 오를 수 있는 경지이다. 몸과 마음이 다 건강하다. 그것만으로도 족한 행복인데 무슨 욕망이 더 필요하랴. 시인에게 '망령' 이란 꼬리는 영원히 붙지 않으리라.

전국노래자랑에 나온
여섯 살 소녀의 노래
'당신뿐이고'
팔팔한 늙은 사회자 다가선다
'당신' 이 무슨 말인지 알아?
몰라요!
그럼 내가 누군지 알아?
"송해 오빠"
아이구 요 귀여운 것
이담에 커서 뭐가 되고 싶은데?
몰라요!
그래, 모르는 게 좋지
아가야, 그럼 희망이 무슨 말인지 알아
몰라요!
그러겠지, 요 때가 좋은 때지
여러분, 우리 희망에게 박수 좀 주세요
팔십 년 전엔 나도 몰랐겠지

모르는 게 희망인 것을

「몰라요」 전문

일요일 오후 별 볼일 없이 뒹굴뒹굴 심심한 날이면 가끔 보게 되는 텔레비전 프로가 있다. 국내 TV 최장수 프로그램 '전국노래자랑' 이다. 이 프로그램이 그토록 오랫동안 장수할 수 있었던 비결에는 최고령 진행자 '송해' 아저씨의 구수한 진행솜씨가 가장 큰 밑바탕이었음을 누구도 부인 못할 것이다. 이웃들과 함께 친근하고 소탈한 모습을 꾸밈없이 진솔하게 보여줌으로써 우리는 그를 영원한 젊은 오빠라 부른다. 젊은 남성으로부터는 '해 형' 이라고 불리기도 한다.

여섯 살 소녀에게도 그는 '송해 오빠' 다. 가끔은 이렇게 어린 소녀들도 출연해 가사의 의미도 모르는 사랑 노래를 부를 때가 있다. 그러고 보니 국악소녀 '송소희' 도 일곱 살 때 처음 '전국노래자랑' 에 출연해 화제를 모은 경력이 있다지 않은가. 여섯 살 소녀가 '당신' 이 무언지 '사랑' 이 어떻게 생겼는지 알 리가 없다. 오직 아는 것은 '송해 오빠' 뿐. 그러니 더 귀여울 수밖에.

장차 커서 무엇이 되고 싶다든지 희망 따위도 생각해 본 일이 없다. 아니 생각할 필요가 없는 나이다. 그런데도 어른들은 커서 뭐가 되고 싶으냐고 자꾸 묻는다. 어른이 되고 나면 아무도 물어주지 않는 '장래 희망'. 그렇다, 세상 물정을 모르고 희망이 무슨 말인지조차 모르는 그것이 바로 희망이 아니고 무엇이랴. 언젠가 'PD수첩' 이란 TV시사프로에서 상당수 초등학생의 장래희망이 '부동산 임대업자' 라고 말하는 것을 보고 씁쓰레했던 기억이 있다. 정말 '모르는 게 희망' 인 것을.

"워리 워리"
어릴 때 동생이 방안에서 응가하면
어머니가 부르는 소리에 마당개 달려와
혓바닥으로 싹싹 훔치고 갔지

아버지 따라 밭일하던 열네 살 소녀
"일본 공장에 일자리 많단다"
순사의 말을 믿고 끌려온 일본군 수용소
가슴엔 날마다 군가소리 총소리 꽂혔지

"일본 황군을 맞이하라"
소녀의 숙소를 점령한 세 켤레의 군화
배꼽이 이마에 붙은 괴물들
소녀의 무릎 아래 엎드려

고향집 개처럼 톡톡 꽃망울을 땄지

“엄마, 무서워요 이 개 좀 쫓아주세요”
미리 손발을 빼앗긴 어린 노예
까물거리는 혼백으로 침을 뱉는다
우르르 쾅, 벼락이 일장기를 태운다

「성노예 소녀」 전문

시인은 오랜 언론인 생활을 통해 다져진 감각 때문이겠는데 사회적 이슈에 대한 관심이 남달리 높은 편이다. 나름의 균형 있는 사고와 비판적 의식으로 그것들을 소재로 다룬 작품이 적지 않다. ‘성노예소녀’ 는 위안부 문제와 관련한 풍자시로서 일본군의 만행을 적나라하게 표출하고 있다. 드러낸 비유 방식은 조금 낯설고 독특하지만 마치 연극의 극중 한 대목처럼 선명하게 와 닿는다.

일본군 위안부 문제는 그들의 진정성 있는 사과와 보상이 있기 전까지는 우리에게 어쩌면 영원한 숙제일지 모른다. 머리카락이 싹둑 잘려나간 단발머리, 굳은 결의가 역력한 단호한 얼굴, 단정하지만 꼭 쥔 주먹, 신발을 벗어둔 채 맨발인 모습. 강제로 끌려가 성노예 노릇을 해야 했던 일본군 위안부를 기리는 ‘평화의 소녀상’ 이 일본대사관 앞에

서있다.

아베 수상을 비롯해 일본은 이의 철거를 요구하고 있지만 우리는 되레 일본수상이 그 앞에서 무릎을 꿇고 사죄해야 한다며 목청을 높이고 있다. 이제 많은 분이 작고하고 몇 분 남지 않은 일본군 성노예였던 할머니의 한을 어찌 풀어드릴 수 있을 것인가. 시인은 '우르르 쾅, 벼락이 일장기를 태우'는 것으로 잠시 한풀이를 하고 있지만 어디 그것만으로 다독일 수 있는 한이던가. 그들이 진정어린 눈물로 참회하는 게 먼저가 되어야 하고, 그 다음은 군국주의 망령의 부활을 꿈꾸며 군사대국화를 노골화하려는 움직임을 즉각 철회하는 것이리라.

KTX는 출발 명령을 기다린다
플랫폼에는 영화 같은 이별이 진행 중이다
자유석을 구한 승객은 동동걸음을 치고
18호차 안에는 얇은 파도가 인다
큰 애기들은 스마트폰과 눈싸움을 시작하고
중년들은 몇 개의 귤을 만지작거리며 묵념을 준비한다
나는 한 모금의 생수를 천천히 씹어넘기며
오늘 동창회가 건네준 명함의 얼굴들을 넘겨본다
밤차는 한강 위를 요트처럼 달려나가고
반딧불이들은 깜박깜박 날갯짓으로 전송해준다

"마당발" 하면 "변사또" 해 주세요
암호 같은 김명범 회장의 건배사에 미리 취하고
젊은 여자 동문과 잔을 때린 생각에
입안엔 사르르 군침이 돈다
바보가 용감하다는 말대로
우리 촌놈들이 서울에 올라와 자리를 잡다니
차창엔 붉은 하루살이가 어린 시절처럼 따라붙고
"잠시 후 우리 열차는 동대구역에…" 라는 메시지 날아든다
덜커덩, 동굴의 문이 열리자
겁없이 달려드는 저 하루살이 앞으로
기어이 나는 몸을 섞으러 걸어간다

「서울역 촌놈」 전문

시인은 현재 대구에 살고 있음에도 일주일에 한번 정도는 서울나들이를 한다. KBS에서는 정년을 했지만 한국아나운서 클럽과 방송 언론단체 그리고 전주 이씨 문중 등 이런저런 직함이 있고 간여하는 일들이 있다. 고향과 모교에 대한 각별한 애정에 더하여 그 옛날 철부지 시절 흙장난을 하며 함께 뛰어놀았던 동무들과 나누는 추억이 늘 그립고 마음을 끌기 때문이리라.

기차를 타고 오가는 시간조차 온통 설렘과 감회로 가득하

다. 모임에서의 건배사 하나도 복기하며 즐거움을 되살리고 동무들 모습 하나하나의 면면을 새롭게 떠올린다. 누구나가 통과했을 질풍노도의 지난 시절을 회상하며, 더러는 나 보란 듯 성공하여 어깨에 잔뜩 힘이 들어간 친구가 있고 개중에는 훤한 신수에 세련된 서울사람 행세를 하기도 한다. 그러나 한때는 모두 오갈 데 없는 '촌놈' 들. 사전에서 '촌놈' 은 촌사람을 얕잡아 이르는 말이라고 풀이되어 있다. 젊은 때는 그 촌놈 소리를 듣지 않으려고, 촌티를 벗으려고 얼마나 안간 힘을 썼을까.

어찌 생각하면 그 촌놈 소리를 듣지 않고 촌뜨기에서 벗어나려고 기울였던 각자의 노고들이 현재의 모습을 있게 한 원동력이 아니었을까. 이제는 그 촌놈 소리가 정겹기만 하다. 신경림 시인의 시 〈파장〉에 '못난 놈들은 서로 얼굴만 봐도 흥겹다' 란 구절이 있는데, 실로 오랜 시간을 함께 통과한 촌놈들은 서로 얼굴만 들여다봐도 즐거운 것이다. '바보가 용감하다는 말대로 우리 촌놈들이 서울에 올라와 자리를 잡다니' 감회가 새롭지 않을 수 없겠다.

이안초등 동창회는 매년 신입생들에게 입학장려금을 전달하고, 때로는 모교의 학생과 학부모, 교직원 등을 서울로 초청해 프로야구경기를 관람케 하는 등 탄탄한 조직력으로 고향과 모교 발전을 위해 많은 일들을 하고 있다. 시인은 상주출신이라는 사실이 뿌듯하고 이안초등학교 출신이라는 것이 늘 자랑스럽다. 그 자긍심이 현재의 또 다른 스팩이다. 열차 안에서 듣는 승객들의 잡담소리마저 정겹고 생의 마감을 앞둔 하루살이의 마지막 힘겨운 비행을 보면서도 생을 긍정한다. 지루할 틈 없이 목적지인 동대구역에 도착하는데 내일 아침을 위하여 세상을 향해 '몸을 섞으러 걸어간다.'

소년은 네 살 아래 동생 앞에서
Y자형 나뭇가지에 고무줄 메어
나무총을 만들며 어깨에 힘을 준다

나뭇가지 위의 참새 서너 마리
지지배배 저들끼리 희롱을 벌인다
소년은 살금살금 다가가서
고무줄을 길게 당긴다
누런 콩알이 탱탱 튀어나간다

소년의 타깃은 참새 몸통이 아니다
저만치 새총을 든 어른이
슬금슬금 그들을 향해 오고 있었다
큰일 났다! 빨리 도망가, 참새야

소년은 다시 나무총을 겨눈다

-「어린 포수」 전문

여기에 등장하는 소년은 어쩌면 이후재 시인의 어린 시절 모습이 아니었을까. 평소 동식물을 포함한 자연 사랑이 극진하여 시에서도 그들에게 생명을 불어넣어주고 친애하는 모습을 보면 얼마든지 그런 추정이 가능하겠다. 소년은 동생과 함께 나무새총을 만들어 어깨에 힘을 주어보지만 처음부터 새를 잡기 위해서 만든 새총은 아니었던 것 같다. 새들이 날아다니지 않고 새소리가 들리지 않는 숲은 더 이상 살아있는 숲이 아니다. 움직이는 뭇 생명들이 존재하기에 우리도 건강할 수 있는 것이다.

그들을 나무총으로 고무줄을 길게 당겨 누런 콩알을 쏘아대지만 그것은 새를 잡기 위해서가 아니라 어른들의 진짜 총으로부터 새들을 도피시키기 위한 공포탄이었다. 동물을 사랑해야 하고 도움이 필요할 땐 도움의 손길을 줘야한다고 어릴 때부터 배워왔건만 수시로 동물들은 사람에 의해 수난을 당하고 야생동물 불법포획도 늘고 있다. 새 한 마리도 마음이 있고 생각이 있으며 사람이 아파하는 것과 똑같은 아픔을 그들도 겪는다는 걸 시인은 그때도 알았고 지금도 그것을 알고 있는 것이다.

그대 이야기만 풍문으로 무성하여
내 앞에 오는 모습 바로 보고 싶었네

일출봉에서 깜빡한 사이
오늘은 또 걸렀다며 훗날 다시 오라 하네

그날은 우리들 날개 속에 숨겨져 있다고
소나무 위에서 새들이 귀뜸하네

초등학교 사은회 때 마신 막걸리 한 잔으로
밭고랑에 드러누웠던 시절로 돌아가는 중이네

용케도 큰 두루미 날개를 잡아 올라탔네
나는 나뭇가지에 걸터앉아 노래 부르네

그 많은 새들은 죽어서 어디로 날아갈까
나는 즐비한 새의 주검을 보지 못했네

밤새도록 새날을 쪼아 아침을 밝히는 새들
새벽 독수리가 불덩이 물고 바다 위로 비상하네

-「새날은 새들이 쫀다」 전문

어른이 되어 바삐 살다보면 어린 시절의 기억을 하나둘씩 잃어버리게 마련이다. 하지만 우연히 발견하는 어떤 물건이나 마주치는 상황으로 인해 잠재된 기억이 불현듯 되살아날 수도 있다. 홀연 그 까마득한 어린 시절을 떠올리며 슬며시 미소 지을지도 모를 일이다. 시인에게도 '초등학교 사은회 때 마신 막걸리 한 잔' 이 추억을 환기하는 통로의 오브제가 되었던 것이다.

하지만 그런 기억들은 대개 연속적이지 못하고 단편적이다. 시인은 어쨌든 상주 낙동강 지역에 서식하고 있는 두루미 떼들을 잊지 못하고 큰 두루미들과 허물없이 놀았던 기억까지 들춘다. 지금은 기후변화와 생태계 교란 등으로 인해 서식 환경이 나빠져 때가 되면 찾아와야할 두루미 수가 크게 줄었다. 이런 현상은 4대강 사업으로 강바닥이 준설되면서 유속이 빨라지는 바람에 철새가 좋아하는 넓은 모래톱이 사라졌기 때문이라는 분석이다.

'그 많은 새들은 죽어서 어디로 날아갈까' 마치 로맹가리의 소설 '새들은 페루에 가서 죽다' 를 떠올리게 하는 이 대목은 우리를 공연히 슬프게 하고 쓸쓸하게 만든다. 어린 시절에 보았던 새들은 다 사라지고 없는 지금 새에 관한 모든 이야기는 풍문으로만 떠돌고 있음을 시인은 깨닫는다. '그날은 우리들 날개 속에 숨겨져 있다고 소나무 위에서 새들이 귀뜸하' 는 것을 듣는다.

하지만 어쩌랴. 우리는 언제나 새를 통해 먼 곳을 꿈꾸었고 새의 날개에다 희망의 쪽지를 매달지 않았던가. '밤새도록 새날을 쪼아 아침을 밝히는 새들' 그 날개 위로 쏟아지는 눈부신 햇빛. 불덩이를 물고 새벽 바다 위를 비상하는 독수리처럼 시인도 늘 싱싱한 새날을 맞는다. 그때 그 시절 눈에 비쳤던 세상과 지금의 세상 모습은 많이 다르지만 시인은 다시 또 긍정하며 새로운 날의 희망을 향해 비상한다.

이렇게 이후재 시인의 시편 몇을 듬성듬성 읽었다. 세속적 기준의 성공이나 명성, 작품성을 떠나 시인으로서 시집을 묶어낸다는 것은 그 자체로 현재에 집중된 삶과 정신의 지문들을 투명하게 기록한 증거물이라 하겠다. 평소 시인의 라이프스타일을 어느 정도 알고 인품을 존경하기에 시 읽는 즐거움이 각별했다. 앞으로의 나날도 더욱 치열하게 삶의 의미를 번민하면서 시인의 꿈을 펼쳐 가시길 바란다.